alfaGuay

El poder de la sombra

DANIEL MÚGICA

Torrelaguna, 60. 28043 Madrid

Aguilar, Altea, Taurus, Alfaguara, S. A. de Ediciones
Beazley, 3860. 1437 Buenos Aires

Aguilar, Altea, Taurus, Alfaguara, S. A. de C.V.
Av. Universidad, 767. Col. del Valle, México, D.F. C.P. 03100

Distribuidora y Editora Aguilar, Altea, Taurus, Alfaguara, S. A.
Calle 80 N.º 10-23
Santafé de Bogotá, Colombia

I.S.B.N.: 84-204-4484-7
D.L.: M-31.194/98
Printed in Spain - Impreso en España por
Unigraf, S. L. Móstoles (Madrid)

El poder de la sombra

DANIEL MÚGICA

alfaGuay®

Ilustración de
ESTEBAN VILLALTA

Para Francisco
y Mario La Virgen,
con afecto.

PERSONAJES

LOS BUENOS

Camina despacio apoyado en su bastón. No aprueba, necesita un sueño... **Sombra** es el protagonista de la historia.

Morena, expresiva, lejana, siempre silenciosa y resuelta... **Valeria** está harta de Caín y su panda, y quiere cambiar las cosas.

Ojos achinados, violento, pelo largo, alto, fibroso, bromista... Titular del equipo de baloncesto, la risa de **Malabar** da miedo.

Inteligente, atlético, de mirada fría, tímido... **Corazón Gris** es un genio de la informática que vive encerrado en sí mismo.

LOS MALOS

Inadaptado, fuerte, malencarado, abusón... Cabecilla de la pandilla rival, para **Caín,** el patio del colegio es su territorio.

Pérfida y malvada, siempre está dispuesta a demostrarlo... La atractiva **Serpentaria** es la novia de Caín y ejerce como tal.

Alto, insustancial, insulso, delgado, peleón... **Trasgo** juega de pívot en el equipo de baloncesto del colegio.

Taimado y demasiado guapo, sus días en el colegio están contados... Mientras tanto, **Apolo** es el típico rompecorazones.

Astuto, inteligente, hábil con los ordenadores, agresivo... **Forja** es un "manitas" que se mosquea con facilidad.

CAPÍTULO UNO

Sombra y Caín se ven las caras

Yo era un inútil, era feo, era tonto. Era un inútil porque sufría una cojera de nacimiento y caminaba despacio, con un bastón. Era feo porque no era mayor y sabía que cuando creciese tampoco iba a ser guapo. Era tonto porque no aprobaba, y se decía que no tenía cerebro. Se decían demasiadas cosas sobre mí, demasiadas mentiras. Por ejemplo, tonto no me consideraba. El problema era que la vida resultaba aburrida. Necesitaba un sueño.

Lo había encontrado.

Ya no soy inútil ni feo, ni tonto; a partir de ahora mi nombre es Sombra.

Estábamos a finales de primavera. Unas horas después se celebraría una subasta a la que acudirían los padres. El dinero recaudado se destinaría a una Organización No Gubernamental. La ONG se dedicaba a repartir alimentos entre los niños del Tercer Mundo; apreciaba a las personas que ayudaban a los que no podían ayudarse a sí mismos... A lo que iba, nos encontrábamos en clase de historia. La profesora se llamaba Luisa y era toda una delicia. Se rumoreaba que mantenía diferencias con el director. Conociendo al Quebrantahuesos, como los alumnos le apodábamos, Luisa podía darse por perdida.

Mi pupitre estaba pegado a la pared. Cerca se sentaba una chica de ojos negros y brillantes, pelo largo y negro, tez morena, lejana, difícil de conquistar, siempre silenciosa y resuelta. Entró un rayo de sol y la iluminó, estaba radiante. Seguí con la mirada su silueta de la cabeza a los pies; entonces descubrí mi propia figura proyectada en las baldosas. Pensé: "Uno puede ser tan grande como lo sea su sombra." Mi sombra era enorme, así que yo también era enorme. Mi sueño empezaba a cumplirse.

Sonó el timbre del recreo. Bajé las escaleras con lentitud, apoyado en mi bastón. Solía sentarme en una esquina del patio para observar un mundo del que recelaba. Ese lunes opté por un lugar diferente. Me quedé de pie cerca del centro del patio, donde el sol brillaba de veras y mi sombra se ensanchaba. Caín, un chico fuerte y malencarado, se situó a mi espalda. Preguntó:

—¿Qué ocurre, cojito? Dame el bocadillo y vuelve a tu esquina.

Todos los días lo mismo: Caín abusando de mí, de cualquiera; era el típico tío que convierte el patio del colegio en su territorio. Parecía un malvado burro con sus orejotas, sus ojos castaños y apagados, su boca de embudo con una línea de bigote prematuro, sus espaldas, su tamaño.

—¿El bocadillo...? ...Ah, se me olvidaba —me disculpé, todavía dándole la espalda.

Me encomendé a mi sombra, desenvolví el bocadillo y, cuando Caín se disponía a arrebatármelo, trabé sus piernas con el bastón. Cayó al pavimento con un ruido seco. Se levantó; aún estaba mareado. Se recuperó, me miró de reojo. Se quejó:

—No puedo golpear a un maldito minusválido.

Algunos alumnos nos habían rodeado, por eso Caín mentía en lo de pegarme; allí estaba la chica de ojos negros que adoraba. Miré a mi adversario, y dije con seguridad:

—Sólo un imbécil golpearía a un minusválido. Tú no eres el imbécil más imbécil... ¿o sí?

El grupo se rió con ganas. Ya no volvería a insultarme; de hacerlo, quedaría como un cretino. Caín frunció el ceño, me dedicó una mueca y giró en redondo. Se dirigió al extremo norte del patio, donde le esperaba su pandilla, detrás de una portería. El grupo se disolvió. La chica de ojos negros se digno a hablarme.

—Has sido valiente...

La interrumpí cuando se disponía a pronunciar mi antiguo nombre, un nombre falso, de un pasado que había enterrado. Aseguré:

—A partir de hoy me llamo Sombra. Fíjate en la tuya, parece más grande que tú, pero es mentira. Tú eres tan grande como ella, tan grande como quieras ser.

Contempló su sombra un instante, me miró y, en vez de reírse, dijo:

—Tienes razón.

No indagué en sus motivos. Parecía estar harta, como yo, de Caín, de su pandilla, de vivir entre la casa y el colegio, haciendo exactamente nada.

—Pero no es suficiente —agregó.

Miré sus ojos negros; decían lo mismo que callaban, y eso me inquietó. Era una niña demasiado guapa, que emanaba una fuerza despareja; yo era un minusválido, así que un encuentro más allá de la amistad resultaría imposible. Ese sentimiento, por primera vez planteado, de forma inconsciente, hizo que se me erizase la piel.

—No es suficiente. Las cosas, por lo general, no encajan. Pero con intentarlo, incluso sólo con quererlo, puede que lo logremos.

—¿El qué? —preguntó, esbozando una de las sonrisas más hermosas que había visto.

—Un mundo mejor.

Se rió de veras, mirándome con una expresión de estupor y felicidad, todo mezclado.

—¿Dónde he escuchado eso? —interrogó, conociendo la respuesta.

—Lo suelen decir los "Chicos Raros".

"Chicos Raros" era como llamaban en el colegio a sus dos amigos, que junto a ella formaban uno de los tríos más singulares con los que me toparía, entonces y a lo largo de mi vida. Infundían respeto no por lo que hacían, sino por lo que se supone que harían de estar enfadados o molestos. Los Chicos Raros vestían de forma peculiar, hablaban de forma peculiar, cuando lo hacían delante de los demás, en pocas ocasiones, y, casi con certeza, la realidad los fatigaba tanto como a mí.

—Nunca te has acercado a nosotros —dijo.

—Nadie lo hace.

—No nos comemos a la gente.

—¿Te has fijado en mi pierna? —pregunté—. A un chico con una pierna como la mía no suelen aceptarle. No puedo jugar al fútbol, saltar vallas, correr. No puedo jugar a muchos juegos.

—¿Y?

—Te lo comentaba.

—Si tienes compasión de ti mismo, deberías hablar con alguien.

Me estaba poniendo a prueba; eso me gustaba.

—Ya no, tengo a mi sombra.

—Es un buen comienzo.

Lo dijo con un brillo en los ojos, como si fuéramos cómplices de algo, quizá de lo común a dos personas que se sentían fuera de lugar, que lo buscaban, que ambicionaban encontrarlo en un día no muy lejano.

Hablaba lo justo. Era estupendo verla desenvolverse en los exámenes orales. A una pregunta general, de las que requerían una exposición tediosa, contestaba con una frase que resumía a la perfección el tema. Sus gestos eran mínimos aunque expresivos. Su lenguaje era semejante al de los peces, que tuercen de rumbo, de destino, con un imperceptible movimiento de cola. Dije:

—La pandilla de Caín controla el patio, las clases, se mete con todo el mundo. Hay que detenerlos. No son más fuertes que nosotros, de verdad, piensa en ello; estamos aliados con las sombras. Se me ha ocurrido que podríamos fundar una sociedad secreta, algo como «Corsarios de la Sombra». ¿Te unirías a mí?

Lo solté de una tacada. El efecto obtenido fue el esperado. Ella pestañeó un punto asombrada y, luego, para demostrarme que no acostumbraba a mostrar lo que sentía, adoptó su gesto de siempre, de ojos vivaces que todo lo analizaban sin reparar en nada, a vuelapájaro.

—Caín es un inadaptado —dijo, midiendo las palabras, con suavidad.

—Y los Chicos Raros, y tú, y yo. La diferencia es que nosotros somos los buenos y ellos los malos.

—¿Estás muy seguro de ti mismo?

—¿Me ves hablar con la gente del colegio?

—No, la verdad.

Comprendía que yo, como ella y sus amigos, extraía energía de la soledad.

—Puede que tengamos un vínculo —continuó.

—¿Me estás ofreciendo que me una a vuestra pandilla?

—Todavía no he hablado con ellos, pero tú y yo contra Caín y los suyos duraríamos lo que una golosina en un jardín de infancia.

—¿Buscas una aventura?

—Y un sueño, un mundo mejor.

Su sonrisa de nuevo, envolviendo la brisa.

—Os espero en el gimnasio —terminé.

Se marchó como de puntillas, en silencio, con su soledad a cuestas. Se detuvo, giró sobre sus talones y dijo:

—Mi nuevo nombre es Valeria, como la pirata.

Prosiguió su camino, y yo pensé que era un hermoso nombre para una niña de bonitos ojos negros; se me pasó por la cabeza seguirla renqueando con mi pierna maltrecha y mi bastón; no lo hice. Había conseguido que me dirigiera la palabra y accediera a un encuentro, y ya era bastante. Me entusiasmaba haber descubierto que mi auténtica personalidad era la de Sombra. Una sombra respiraba en el suelo, las paredes, el aire. Su tamaño variaba según la posición del Sol, o sólo con desearlo, así de fácil. Una sombra no era negra. Si se sabía mirar, adoptaba el color de los estados de ánimo. Con la tristeza se volvía amarilla y con la alegría roja. La de Valeria era roja. En el patio, se había fundido con

la mía, que aún no me había revelado su color definitivo, quizá porque mis estados de ánimo eran cambiantes como aspas, con los vientos acechando en todas direcciones.

CAPÍTULO DOS

Caín hace de las suyas

El salón de actos del colegio, que imitaba un anfiteatro romano, estaba repleto de padres. Los boletos de la subasta costaban mil pesetas. Habría unos quinientos padres. El dinero, quinientas mil pesetas, se exponía en la mesa del escenario, en fajos de apretados billetes. El director del colegio, vestido con un traje negro, oficiaba de maestro de ceremonias en la subasta. Tenía aspecto de enterrador y debía creerse un sumo sacerdote, pues gesticulaba e impostaba la voz como si los congregados allí fueran adoradores del Sol. Pero para los padres el Sol únicamente marcaba las horas de trabajo; para mí era mucho más, proyectaba mi sombra.

Los alumnos nos hallábamos en las gradas superiores. No quitaban ojo a los fajos de billetes Caín y los suyos. Estaba la novia de Caín, una chica atractiva y sonriente, apodada Serpentaria, por la facilidad con que se deslizaba en el despacho del director y se apropiaba de los exámenes. Estaba Trasgo, un chico tan alto, deslavazado y delgado como desagradable, que batía marcas rompiendo narices. Jugaba de pívot en el equipo de baloncesto. Estaba Forja, que se ponía de muy mala uva al oír el mote; lo cierto es que cualquier tontería le molestaba. Había conseguido introducir un virus en el disco duro del ordenador del colegio. El virus borraba las malas notas. Cobraba por cambiarlas.

El método era sencillo y eficaz. Forja sabía que, de ordinario, se mandaban las calificaciones el primer lunes de cada trimestre, a las nueve de la mañana. La secretaria imprimía las notas sin mirarlas y las introducía en los sobres con el remite. Momentos antes de esto, Forja, desde su casa, con su ordenador, las manipulaba; así que nadie se enteraba.

Yo jamás le pagué; consideraba aprobar (en mi caso, una hipótesis) o suspender, hechos sin importancia. Forja era capaz de fabricar un transistor con un par de cables y una pila. Y estaba Apolo, demasiado guapo y taimado, el típico destrozacorazones. No les faltaba dinero, el método ideado por Caín resultaba infalible.

En los cumpleaños, Apolo se ligaba a la anfitriona; Serpentaria flirteaba con los hermanos de aquélla, y los distraía. Forja y Trasgo enfilaban el dormitorio de los padres. Trasgo se apostaba en la puerta a vigilar y, de paso, si se presentaba la ocasión, despacharse a gusto con los curiosos. Forja hurgaba en los cajones y armarios, descubría el dinero y lo robaba. Cuando, de improviso, se presentaban los padres en la fiesta, Caín los entretenía. Tenía labia y modales el condenado. Una vez finalizado el trabajo, la pandilla se despedía pretextando que era tarde, y eso que a veces no habían dado las ocho.

Me fijé en ellos. Caín se había evaporado; no se le veía por el salón de actos.

Valeria se sentó a mi lado con los Chicos Raros. Dijo:

—No hace falta que te los presente.

Me dispensaron una sonrisa algo forzada. El más alto dijo:

—Creo que pretendes formar parte del grupo.

—No lo he pedido yo, me lo ha pedido ella.

—¿Te fías de ella? —preguntó el otro.

—Sí —afirmé sin titubear.

—¿Tienes alguna habilidad especial? —preguntó el más alto.

—¿A qué te refieres?

—Dilo tú.

—Sé soñar, tengo ideas.

El más alto se rió; me sentí herido.

—No te pases, no te atacamos cuando dices algo parecido —me defendió Valeria.

—Perdona.

Tras la disculpa permaneció callado. El otro intervino:

—Vale, te aceptamos, de momento, a prueba; luego ya veremos.

Me dispuse a levantarme y largarme, no tenía edad para que me obligasen a demostrar lo que no necesitaba demostrar, y además contaba con mi sombra. El otro me agarró de la muñeca y Valeria me indicó el asiento con una mirada.

Valeria dijo:

—Ya has pasado la prueba, nos basta con tu dignidad, con tu seguridad, no sé, llámalo como quieras. Los Chicos Raros tienen unos modales rudos, pero son buena gente. Nuestro lema es: "Nadie más que nadie". Eso nos iguala, nos pone a la misma altura. Bienvenido al equipo, Sombra.

Los Chicos Raros me palmearon con afecto los hombros. Valeria dijo:

—Desde esta tarde les llamaremos Malabar y Corazón Gris.

Se les solía ver juntos, sentados en un banco del patio que ni siquiera Caín se atrevía a ocupar. Malabar, el más alto, era de mediana estatura, de pelo largo y ojos achinados, fibroso, bromista. Tenía una risa que, si se le antojaba, ponía los pelos de punta al más pintado. Era titular en el equipo de baloncesto. El sábado siguiente, en la semifinal de la liguilla interescolar, saltaría a la cancha. Su presencia intimidaba, jugaba duro y sus carcajadas ponían frenético al rival. No sé cómo suena la risa de Satanás, pero debe de ser muy parecida a la de Malabar. Se tocaba la cabeza con un sombrero de ala ancha, adornado con una pluma larga y verde. Nadie bromeaba con su sombrero. Valeria no había escogido en vano el nuevo nombre de su amigo; Malabar movía los puños igual que un malabarista, y los lanzaba como bolos. El oponente, antes de decir esta boca es mía, estaba en el suelo. La pandilla de Caín le respetaba, o le temía. Hacía tiempo que se cruzaban apuestas, pero la pelea entre Trasgo y Malabar se demoraba.

Corazón Gris, el otro, era un chico especial, oliváceo de piel, frío de mirada, de complexión atlética, encerrado en sí mismo, con una afición conocida que en realidad era un vicio: la informática. Caminaba con las manos dentro del bolsillo del pantalón y, como Valeria, no hablaba mucho. Iba al colegio como iría a comprar el pan, porque había que hacerlo, no porque quisiese. Pasaba las clases en blanco, sin atender al profesor ni a los compañeros. Acudía a los exámenes con cara de "Este rollo no va conmigo". Rellenaba los folios y los entregaba. Lo más extraño, o lo menos, es que aprobaba con matrículas. Simplemente, era el chico más

inteligente del colegio y, como averiguaría después, el que contaba con más recursos.

Se subastaba una miniatura, un cochecito de plata. Lo había donado un antiguo alumno que ya era una vieja gloria de las carreras de coches. El director solía recordar el abolengo de la institución, su historia, lo ilustre de sus alumnos, que habían llegado muy alto y muy rápido: ministros, deportistas, artistas, empresarios y otras lindezas. Así hablaba, con el público entregado a una oratoria de salivazos, cuando se montó la bronca. Provenía, cómo no, del lugar donde se encontraba la pandilla de Caín. Forja, Apolo y Serpentaria se habían apartado. Trasgo la emprendía a empujones con todo quisqui. Se hacía hueco moviendo los brazos a modo de hélices. Me fijé en Malabar, contemplaba a Trasgo con una media sonrisa, calibrando su habilidad. Trasgo se cansó, dio un último manotazo y se sentó de nuevo. Las miradas de los padres y alumnos convergieron sobre el escenario del salón de actos.

Mientras el público estaba distraído con Trasgo, el dinero de la subasta se había esfumado.

CAPÍTULO TRES

La trampa más fácil

Eran las nueve. La noche del lunes había caído y una luna redonda y plena la iluminaba. Malabar le había dicho a sus padres que cenaría en mi casa. Yo a los míos que en la suya. Valeria y Corazón Gris otro tanto. Nuestro engaño resultaba insignificante, lo importante era fundar Corsarios de la Sombra. El revuelo armado tras la desaparición del medio millón de pesetas había sido tremendo: el director se había quedado pasmado; los padres, echándose las manos a la cabeza.

El director, tras meditarlo, decidió echar tierra al asunto y no alertar a la policía, pensando que el ladrón, arrepentido, lo devolvería al día siguiente. Sospechaba que había sido uno de los alumnos, alguien que en un momento de confusión había cometido un error, grande, pero error al fin y al cabo.

Lo que no pudo evitar es que un padre con más buenas intenciones que sesos lo denunciase. El director, con la mano izquierda que le caracterizaba cuando le convenía, recibió a las fuerzas del orden. El encuentro fue breve. Se resolvió echar tierra sobre el asunto; el director se encargaría de desenmascarar al ladrón, en su territorio. No necesitaba ni a policías ni a mil diablos en un colegio con años de historia. Sería perjudicial; él se sentía capaz de enderezar sólo el entuerto, maldita sea. Transcurridos unos minutos la policía se retiró por completo, al recordar el director el nombre de un viejo alumno que era ministro.

Ningún dedo acusaba a Caín, su comportamiento a la vista de los profesores era ejemplar. Otras voces afirmaban que sólo un desalmado habría sustraído un dinero destinado a una ONG. Fueron acalladas enseguida, estaba en juego la reputación del colegio.

A esa hora de la noche la calle estaba desierta y la cancela del colegio cerrada. Malabar se ajustó el estrafalario sombrero, se dispuso a saltar la tapia y Valeria lo detuvo:

—Sombra no puede.

Ser un minusválido tiene todos los inconvenientes y ninguna ventaja. Bueno, una: hay que ser más listo para apañárselas igual que los demás.

—Está tirado —soltó Corazón Gris, con su habitual tono lánguido—. Valeria, pásame una horquilla.

Valeria la extrajo de su pelo, se la tendió. Corazón Gris la observó con una mirada neutra, durante unos segundos; luego la dobló, la introdujo en el candado de la cancela, la hizo girar. El candado hizo *clic*. Corazón Gris empujó la cancela con suavidad, diciendo:

—Adelante.

—¿Cómo lo has hecho? —interrogué.

—Me gusta el cine.

Me imaginaba que de verlo en la pantalla había sido capaz de imitarlo. O quizá no era la primera vez que reventaba un

candado. Con él nunca se sabía; tenía pinta de guardar muchos secretos. En una ocasión, como me contaría Valeria meses después, descifró con su ordenador de bolsillo la combinación de una caja fuerte. Pero eso es otra historia.

El hecho de formar la sociedad secreta en el gimnasio no era un capricho. La maldad de Caín y su pandilla se materializaba en las aulas, el comedor, el patio, la cancha de baloncesto, el campo de fútbol, los despachos de los profesores, el claustro y el gimnasio. Yo consideraba que nuestra sociedad, al formar parte del bien, debería nacer en el interior del colegio para combatir esa maldad. Era complicado, pero no imposible. Yo tenía la certeza de que con voluntad la palabra *imposible* dejaba de existir. Corazón Gris abusó varias veces de su habilidad y en un pis-pas nos hallamos en el gimnasio. No fue necesario encender las luces, los rayos de luna se colaban por las ventanas y llenaban de claridad el centro. Alrededor de ese centro se extendía una oscuridad completa. Dije:

—Lo suyo sería sentarse en el suelo y darnos la mano.

Lo hicimos. Vi cómo nuestras sombras proyectadas por la luna se unían y dibujaban un solo cuerpo. La silueta se me figuraba la de un gigante y, si no estaba volviéndome loco, hubiera asegurado que latía con alma propia. Busqué las palabras adecuadas, algo que no era mi fuerte. Proclamé inseguro:

—Hoy, en una noche de luna llena, fundamos la sociedad secreta Corsarios de la Sombra. Prometemos defender el bien... y creo que nada más.

No estuve muy elocuente, aunque por las sonrisas de mis compañeros, incluida la mueca socarrona de Malabar, deduje que bueno, que gracias, no lo había hecho fatal.

Nos incorporamos. Hubiera jurado que nuestras sombras habían aumentado aún más. Fue una ilusión, lo que veía eran las sombras de Apolo, Forja, Trasgo y Serpentaria. Me mosqueó que Caín no los acompañara. La pelea sería desigual: cuatro contra tres. Yo no contaba, la pierna inservible me impedía pelear.

—Qué, ¿haciendo magia, no? Os vais a enterar, damiselas —aseguró Apolo.

Todo sucedió como cuando un tren, de noche, pasa por una estación sin detenerse. Se vislumbraban figuras semejantes a sombras chinescas, velocidad, ruidos. Corazón Gris me tomó del brazo y, por sorpresa, me sacó del círculo de luz y me transportó a la oscuridad. Valeria y Malabar nos siguieron. Luego, sorprendidos por nuestra rapidez, los secuaces de Caín entraron en aquel círculo. Fuera de él no se veía a un palmo de las narices. En cambio, nosotros, envueltos por la oscuridad, los veíamos a la perfección. Corazón Gris se agachó y, con una ligera presión en el codo, me pidió que le secundase.

Comenzó en sordina, fue aumentando poco a poco, hasta que la risa de Malabar comenzó a irritar a nuestros enemigos. Esa risa brotaba de cualquier rincón, como si Malabar tuviera don de ubicuidad. Tuve la impresión de ver temblar a Apolo. Se creía muy machito por ligar con chicas confiadas, y eso que no eran muchas, pero en lo tocante al valor andaba bastante escaso.

La risa cesó. Entonces se escucharon pasos que avanzaban por el pasillo. Forja, Serpentaria, Apolo, Trasgo, a un tiempo, se mezclaron con la oscuridad. En ese momento se oyó cómo se abría la puerta del gimnasio. Se encendieron las luces y aparecieron el director y Caín, que esgrimía una sonrisa de lo más inocente. Sus amigotes estaban pegados a una pared, en fila, en formación. Yo, en una postura ridícula, me hallaba agachado con Corazón Gris. Valeria estaba junto a Malabar, que, se adivinaba por su postura, se disponía a pelear. Malabar recompuso la figura y cruzó con Trasgo una mirada significativa. Lo más grave del asunto era que en el centro del gimnasio aparecía un fajo de billetes, uno de los de la subasta. Pela arriba, pela abajo, habría unas veinte mil.

—¿Ve, señor director? Hemos descubierto a los ladrones. Nos habían tendido la trampa más fácil.

CAPÍTULO CUATRO

El Quebrantahuesos vuela bajo

No voy a perder el tiempo describiendo el chaparrón que nos cayó en nuestras casas: menuda desilusión, tener hijos para esto, etc. Lo de siempre, un montón de basura. El director no nos expulsó. Nos recibió en su despacho a la mañana siguiente, serio y estirado. En una esquina se veía un nuevo y reluciente equipo de submarinismo, con el traje, las bombonas, las aletas y el fusil con el arpón. En las paredes colgaban fotografías de yates de diferentes esloras, bonitos y con nombres extranjeros. El director tenía la obsesión del submarinismo y los yates, perilla, el color de la piel gris. Proyectaba una sombra ridícula, casi inexistente. El tamaño de su sombra decía muchas cosas de él. No era grande ni excepcional ni nada. Se colocase como se colocase, estuviese donde estuviese el Sol, su sombra parecía un escupitajo. Permanecimos de pie.

—Señores...

—Señora —interrumpió Valeria, desafiante.

—He dicho "señores".

—Se repite mucho, dire.

Valeria, como buena pirata, no cedería terreno sin presentar batalla.

—Moderen su actitud —recomendó el director, adelantando su nariz aguileña.

Al director, nuestra actitud no le había agradado, pues se levantó, avanzó y se ancló a escasos centímetros de nuestras sombras.

—¡Ustedes no se han adaptado al estilo del colegio!

Malabar tuvo una de sus típicas reacciones, siempre la más inesperada, y, riéndose y retorciéndose de puro gusto, se tiró al suelo. Estaba como una verdadera cabra y eso me gustaba. Su risa nos contagió. En el despacho se escuchaban las carcajadas altas, sentidas y fuertes. El color de la jeta del director fue cambiando de gris a verde, de verde a azul y de azul a rojo. El rojo era de ira; tres alumnos lo estaban pasando en grande a su costa.

—¡¡Basta!!

Malabar, en lo que dura el cantar de un vizcaíno, se levantó, se cuadró, adoptó un aire marcial y con mucho cachondeo saludó llevándose la mano a la sien. Corazón Gris volvió a su estado normal, el de una aparente pasividad. Valeria se sentó en una silla, frente a la mesa, mirándome con unos ojos que preguntaban: "¿Ahora que hacemos?" Yo me quedé de una pieza, balanceándome ligeramente sobre mi bastón. Intentaba analizar una situación que se me escapaba. Corsarios de la Sombra, pocas horas después de su fundación, naufragaba. Vale, admitía que Malabar y Corazón Gris eran unos compañeros peculiares, y que eran capaces de enfrentarse a tipejos como Caín; pero de ahí a jugarse una expulsión definitiva había un mundo.

El director miró a su alrededor; vio a Valeria, que esperaba acontecimientos como ausente; a Malabar, que se había descubierto la cabeza y acariciaba la pluma de su extravagante sombrero, con esa sonrisa tan suya; a Corazón Gris, que se había sentado junto a Valeria, con el mentón apoyado sobre los puños y la expresión pensativa.

El director estudió el cuadro con detenimiento. Aquel hombre severo en exceso, dulcificó el tono y dijo:

—Esperadme fuera. Tú, quédate, a ver si entre los dos desenredamos este lío.

Mis amigos salieron del despacho. Me mantuve alerta. No me fío de las personas que me tratan a patadas toda la vida y luego, por el morro, se sacan de la chistera una vena cariñosa. El Quebrantahuesos (resultaba evidente lo apropiado de su apodo, por su anatomía escuálida y lo cadavérico de su estampa) me señaló una silla.

—Bien, bien, muchachito, me tienes que contar la verdad.

Me senté. Lo de "muchachito" me sentó como un tiro. Yo no suelo llamar a las personas mayores "viejecitos" o a los bebés "niñitos".

—¿Qué verdad? Se ha tragado por la cara la historia de Caín.

—Tú y tus amigos no sois estudiantes ejemplares. Que un amigo tuyo apruebe con matrícula no significa gran cosa.

Hasta este instante creía que un estudiante modelo era el que sacaba matrículas y, como Corazón Gris, ganaba beca tras beca para costearse los estudios.

—Parece que la enseñanza ha cambiado. ¿No le parece, señor director?

—¡No seas insolente! —luego su tono volvió a ser tierno como el filo de un cuchillo—. Estoy preocupado con el asunto del medio millón. Las actuaciones contra él, no entiendo por qué le apodáis Caín, son infundadas. Es un magnífico estudiante. En cambio, vosotros sois raritos, por algo os llaman los Chicos Raros. No me refiero a tu minusvalía; eso le puede ocurrir a cualquiera. Estoy hablando de tu amiga, ¿es que no sabe hablar? Y qué decir de tus dos amigos, uno con un sombrero, siempre peleándose, y el otro, que no acaba de encajar en el colegio. Dejando de lado el defecto de tu cojera, eres el único que parece sensato... Tenéis hasta el lunes que viene. O devolvéis el dinero o me veré obligado a llamar a la policía... Quiero que veas lo indulgente que soy: os permito asistir a clase durante esta semana. En un buen ambiente como el del colegio reflexionaréis mejor que en vuestras casas.

Era martes, por la mañana. Media hora después entraríamos en el comedor, y el Quebrantahuesos me estaba tocando las narices. Como podrá comprenderse, no iba a permitir que aquellos insultos me hicieran perder la cabeza, aunque, qué diablos, era lo único que me faltaba por perder.

—Dejando de lado que es usted el tipo más rastrero que he conocido, le diré que me da igual lo que piense de nosotros. Lo que me preocupa es por qué misteriosas razones protege a Caín, por qué se presenta en el gimnasio con él a las nueve de la noche. Me inquieta que se fíe tanto de las acusaciones de Caín, sin pruebas, y nada de nosotros: el cojito y sus extraños amigos... Gracias de todas formas, señor director, de aquí al lunes tenemos tiempo para encontrar esas pruebas.

La sonrisa del Quebrantahuesos me dejo helado y su desafío hizo que me encogiera.

—¿Pruebas...? Intenta conseguirlas, muchachito.

CAPÍTULO CINCO

Una alianza inesperada

Les relaté a mis amigos la conversación con el Quebrantahuesos. Nos sentamos en un ángulo del comedor; las cosas nos iban mal, pero que muy mal; ni los proverbiales recursos de Corazón Gris nos salvarían. Hasta llegué a imaginar la cárcel: un patio frío con muros altos y alambradas; y nosotros caminando de un muro a otro, en línea recta, por toda la eternidad. Corazón Gris, Valeria y Malabar masticaban el almuerzo con el ritmo lento y el gesto apesadumbrado.

Apolo se acercó a nuestra mesa y acarició la nuca de Valeria para provocarnos. Valeria apartó la cabeza, Corazón Gris ni se inmutó, yo agarré mi bastón, por si las moscas, y Malabar formuló su pregunta preferida:

—¿Salimos al patio?

No que decir tiene que la invitación de Malabar era directa. Apolo lo comprendió y palideció. Malabar sonrió, se incorporó. En el momento en que retrasaba el brazo para lanzar uno de sus temibles directos, sintió una mano en el hombro, volvió la cabeza y vio a Luisa, la profesora de historia, una mujer de treinta años bien llevados; largo pelo hasta la cintura, recogido en una coleta; mirada inteligente y seriedad en el rostro.

—Siéntate, anda, no merece la pena... Tú, vete a tu mesa, ahora.

Apolo, herido en su orgullo, regresó sobre sus pasos, se sentó con Caín y los suyos. Caín, desde el encuentro en el gimnasio, no había dicho esta boca es mía. "Chungo", pensé. Caín no pertenecía a esa clase de gente que permite a los acontecimientos seguir un curso lógico.

—Chicos, yo que vosotros abandonaría, os estáis enfrentando a algo muy gordo. Debéis dejar que lo arreglemos los mayores. El robo de la subasta no es un hecho aislado.

Luisa dio un sorbo a mi vaso de agua y esperó una contestación afirmativa. A pesar de estar con la soga al cuello, se la negamos. La solución no era que otros ventilaran nuestros problemas. La vieja historia, por lo menos la mía: yo solito, con mi pierna; alrededor, conflictos y un mundo que se desmoronaba. Luego, yo solito, sosteniendo ese mundo para que no me sepultase. O sea, los problemas, al final, se los comía uno solito.

—Cosas en las que anda metido el director —conjeturé.

—No es honesto lanzar acusaciones infundadas.

—¿Sin pruebas? —pregunté.

—En el suelo del gimnasio se encontró parte del dinero de la subasta.

Corazón Gris intervino:

—No crees que nosotros hayamos robado el dinero. Sabes que fue Caín y que el director está de su parte.

—Lo que yo pienso no importa. La policía sólo admite pruebas que, de momento, apuntan hacia vosotros.

—Vámonos —dijo entonces Valeria, haciendo el ademán de incorporarse.

Luisa le tocó la muñeca, la miró con cariño. Valeria permaneció sentada.

—Os espero después de las clases en mi despacho. Ahora no puedo hablar, nos están vigilando.

Se marchó por las escaleras que ascendían al primer piso, donde estaba su despacho. Desde una mesa del fondo, Caín seguía con la mirada nuestra conversación. Terminamos el postre y nos fuimos. Al pasar cerca de su mesa, Caín dijo:

—Anoche fue uno a cero. Mañana os colaremos dos goles más.

Seguimos nuestro camino, rehusando contestarle. No obvié un detalle que me alarmó: al aproximarnos a su mesa, Serpentaria, Apolo y Trasgo habían cubierto a Forja con sus cuerpos, ocultando lo que hacía. "Hacer", en Forja, se traducía por "fabricar"; el qué, seguro que objetos infernales.

Después de comer, en nuestras respectivas aulas, exceptuando a Malabar por razones obvias, aguantamos todo tipo de bromas referidas a Corsarios de la Sombra, que de una sociedad secreta había pasado a ser una diana pública. Los dardos envenenados no los arrojaba Caín, pero los guiaba su mano.

Habían terminado las clases, el colegio estaba vacío. La luz decreciente de la tarde entraba por la ventana del despacho de

Luisa y dibujaba su sombra. Se movía al ritmo de sus palabras; era una sombra de curvas precisas, con volumen y fuerza.

Contó:

—Todo empezó a principios de curso. Se había apartado un dinero para el mantenimiento de las instalaciones, alrededor de un millón. Se lo pedimos al director; el colegio necesitaba reparaciones. Aún sigue dándonos largas. El caso es que no me fiaba. Investigué en el banco: el director había sacado el dinero de la cuenta del colegio. Lo justifica con unas facturas de un material escolar que no hemos visto, facturas falsas. Tampoco hay manera de involucrarle en lo del medio millón de la subasta. Tenemos que esperar a que cometa un error.

—¿Los otros profesores no se mojan? —preguntó Valeria.

—Lo intentaron.

—¿Lo intentaron?

Luisa carraspeó en sordina y, tragándose una suerte de orgullo corporativo, pretextó:

—El trabajo está mal, nadie quiere irse a la calle. El director amenazó con abrir expediente al que insinuara algo. ¿Sabéis lo que cuesta encontrar un empleo fijo en un buen colegio? Yo los perdonaría, tienen familias... y vocación.

—¡Menuda tropa de cobardes! —dijo con dureza Malabar.

Comencé:

—El lunes que viene nos largan...

No acabé la frase. El cielo se iluminó con un reflejo amarillo y naranja. Corrimos, bueno, corrieron ellos hacia la ventana. De una de las porterías brotaba una gran llamarada. Transcurridos unos segundos, comenzó a arder la otra portería. Luisa se precipitó escaleras abajo. No tuvimos tiempo de reaccionar. Cuando aparecieron los bomberos nuestra profesora ya estaba en el campo.

CAPÍTULO SEÍS

Corazón Gris va a su bola

La mañana del miércoles Caín, flanqueado por su pandilla, nos recibió a la entrada del colegio. Aseguró:

—Dos a cero, pardillos.

De inmediato, deduje lo que Forja había estado haciendo en el comedor mientras sus amigos le cubrían: alguno de sus malditos artefactos; seguramente, bombas incendiarias con temporizador. No encontraba otra respuesta al enigma de los incendios, y no la encontraría. El maldito seguro que había aprendido a confeccionarlas navegando en Internet, donde se puede encontrar desde una receta de pollo hasta instrucciones para construir una bomba atómica.

Arriba, en la segunda planta, en el despacho del director, con las fotos de yates colgando de las paredes, se mantenía una reunión. La "santa alianza" con Luisa se desmoronaba por momentos. Allí estaba el Quebrantahuesos, con nuestra profesora de historia y el psicólogo del colegio, un hombre bondadoso aunque corto de entendederas; en otras palabras, el cómplice perfecto.

—Sabemos que se queda después de las clases trabajando hasta bastante tarde. ¿Le estresa este trabajo? —interrogó el psicólogo.

—Luisa, le estamos preguntando si se siente capacitada para ejercer su labor —intervino el Quebrantahuesos, hilando la trampa más que fino.

—Me quedo hasta tarde porque en este centro se descuida el trato con los chicos, y alguien debe atenderlos. Por la noche repaso sus ejercicios. ¿Estresada? Al contrario, me encanta la enseñanza.

—Tal vez su trabajo la absorba —prosiguió el lumbrera del psicólogo— y no le permita caer en otros detalles de vital importancia.

—Por ejemplo, mientras usted, mi querida Luisa, estaba absorta en los ejercicios de los chicos, un saboteador saltó la tapia y prendió fuego a las porterías. Hubo de ser un vecino de la zona y no usted quien avisara a los bomberos —razonó el Quebrantahuesos.

—Eso no es cierto. Parecía preparado, los bomberos aparecieron cuando empezaron a arder las porterías.

—Eso son conjeturas... El psicólogo —aquí el Quebrantahuesos dispensó al mencionado una reverencia— ha dicho "vital". Sólo quiere cuidar de su salud. ¿Y si en vez de un vulgar pirómano nos topásemos con un criminal que sube a su despacho y la ataca? Trabaja bien, Luisa, pero trabaja demasiado. ¿No es así mi buen amigo? —concluyó el director haciendo una nueva reverencia.

—Está estresada, Luisa, necesita reposo —aconsejó el psicólogo.

El director abrió un cajón del escritorio, extrajo un impreso y se lo tendió a Luisa.

—Esto es la baja temporal que usted nos ha pedido —aseguró cínicamente—. Firme.

—Podría negarme.

—Negarse implicaría una apertura de expediente y, a la larga, una suspensión definitiva. No podría volver a enseñar, nunca.

Luisa firmó, claro. Para ella, la docencia era su vida. El Quebrantahuesos pensó que la había eliminado del tablero, pero Luisa era una mujer difícil de tumbar, incluso con semejante jaque.

La profesora se despidió de nosotros con una alentadora sonrisa.

—Intentaré descubrir algo por mi cuenta.

—¿Cómo nos comunicaremos? —preguntó Valeria.

—Por correo electrónico —aseguró, guiñándole un ojo a Corazón Gris.

Vimos cómo Luisa se alejaba calle abajo. Nos había llamado "corsarios". Quiero decir que nos había tratado con respeto; eso ya representaba una victoria en personas de nuestra edad. Además, había prometido ayudarnos desde el exterior, y no parecía una profesora, como tantas otras, que faltase a su palabra.

Nuestra alegría fue breve como el paso de un cometa que surca la noche: su estela acaba palideciendo. Sin Luisa, volvíamos a estar solos.

Durante el recreo Corazón Gris se mantuvo esquivo, ni atendía a Malabar. Al aproximarnos, retrocedía y rehuía nuestra compañía. Valeria le seguía con una mirada demasiado afectuosa. Corazón Gris no se percataba de los sentimientos de Valeria, estaba ensimismado con su bloc de notas. Era una agenda electrónica, que había modificado hasta transformarla en un pequeño pero potente ordenador, al que había añadido una disquetera externa. Corazón Gris llegó a extraviarse por los vericuetos del colegio; vamos, que desapareció como Amunds en el polo. Tampoco se presentó en el comedor. Sus movimientos no pasaron desapercibidos. Caín se acercó y afirmó con su acento de hiena:

—Tus amigos se están rajando, cojito.

Regresó con su pandilla.

Miré el banco en donde solían sentarse Malabar y Corazón Gris. Malabar forzaba la sonrisa. Malo, sonreír era innato en él. Valeria, repentinamente apagada, ocupaba el lugar de Corazón Gris. El día avanzaba y no recibíamos noticias de Luisa; Corazón Gris iba a su bola y Corsarios de la Sombra amenazaba con romperse. Busqué auxilio en mi sombra y recordé: "Uno es tan grande como lo sea su sombra." La mía, en ese instante, se replegaba sobre la esquina del patio, difuminándose, disipándose casi. El Sol se estaba ocultando detrás de un grupo de nubes. Era la primera vez que ocurría desde la formación de nuestra sociedad. Un mal presagio me atenazó el corazón y, durante un rato, volví a ser el inútil-feo-tonto que fui antes de llamarme Sombra. Me fijé en la portería norte del patio, un hierro retorcido y ennegrecido por el fuego. Detrás, en el sitio de costumbre, estaba la pandilla de Caín. Al parecer nada había cambiado. Me sentí más inválido que nunca. Tomé mi bastón, crucé el patio, me planté frente a Malabar y Valeria.

—No sé, este asunto se está poniendo chungo.

Valeria me hizo un sitio, y dijo:

—Fíjate en tu sombra, tú eres tan grande como ella, tan grande como quieras ser. Tú me lo contaste.

Malabar me presionó con:

—Si no se te ocurre algo, lo hago a mi manera.

Malabar se levantaría, apretaría los puños, se liaría a golpes con Caín y su pandilla y, aparte de salir malparado, sería expulsado esa misma tarde. Pero se sucedieron las horas y Malabar no actuó: por aburrimiento, por sensatez, quién sabe...

A la salida del colegio se produjo un acontecimiento que le dio la vuelta a la tortilla. Y Apolo se quemó en ella. Frente a la verja del colegio estacionó un coche. El padre de Apolo asomó la cabeza por la ventanilla y gritó:

—¡Sube... que te vas a enterar!

CAPÍTULO SIETE

Al fin un día feliz

Jueves, al fin un día feliz.

A primera hora de la mañana, la noticia corrió por el patio. Habían enviado a Apolo, que a los efectos era borrarle del mapa, a un internado. Yo conocía esa clase de tugurios; la vida era un infierno si no se tenía un corazón caliente y una cabeza fría. Apolo carecía de cabeza y de corazón.

La tarde anterior Corazón Gris no había perdido un segundo. Había forzado la cerradura del despacho del director. Había manipulado el ordenador y buceado en el virus de Forja hasta desactivarlo. Había tecleado el nombre y apellidos de Apolo, hallando sus calificaciones, restableciéndolas a su estado natural: un sinfín de cates. Los había impreso e introducido en un sobre con el membrete del colegio. Había llamado a un mensajero y enviado las notas a los padres de Apolo. El dinero para el mensajero lo había encontrado de casualidad en un armario del despacho.

La noticia se extendió enseguida. El escándalo fue mayúsculo y nos reímos de lo lindo a su costa. La centralita no

paró de sonar, y el director de dar explicaciones y disculpas por teléfono hasta que le dolió la oreja. Ya no valía con decir: "El dinero de la subasta lo ha robado un alumno díscolo, otro alumno díscolo juega con los ordenadores y las notas; está todo controlado." Como el agua, se le escapaba de las manos. Lo cierto era que nosotros estábamos encantados.

Boquiabiertos, le preguntamos a Corazón Gris:

—¿Por qué no cambiaste las notas de los demás?

—Apolo es el más tonto; me apetecía.

A eso lo llamo yo una explicación clara.

La balanza se estaba equilibrando. Internado Apolo, no se trataba de cinco contra cuatro, sino de cuatro contra cuatro. Al emparejarnos, Forja se enfrentaría a Corazón Gris; su lucha sería intelectual, por así decirlo. Valeria se encararía con Serpentaria en un duelo de chicas, un duelo terrible; las chicas suelen ser más listas que los chicos y, por ello, más astutas peleando. Malabar se opondría a Trasgo, en un combate que alcanzaría cotas homéricas. A mí me tocaría Caín. ¿Cómo le pararía? Aguardaba una señal de mi sombra, tenía una fe ciega en ella, esperaba que me revelase cosas que aún ignoraba: su color, su silueta, sus medidas, su velocidad.

Había que urdir un plan, madurarlo y llevarlo a la práctica.

—¿Cómo? —preguntó Valeria.

—Tenemos que descubrir dónde diablos esconde el Quebrantahuesos el dinero, encontrar su conexión con Caín y los suyos, y las pruebas que los involucran en el robo de la subasta —resumí.

—Guardará la pasta en el banco —conjeturó Valeria.

—No —dije, dando golpecitos en el suelo con la punta de mi bastón.

—Seguro que no —me secundó Corazón Gris.

—Les podemos sacar la información a golpes —sugirió Malabar con sutil delicadeza.

—A ver si dejáis de hablar en acertijos y nos lo aclaráis.

Valeria se estaba enojando. Más valía tranquilizarla. La rodeé con mi brazo. En vez de insultarme y despegarse de mí, abrió los ojos y los oídos. Expliqué:

—El director tendrá una cuenta donde le ingresen el sueldo. No meterá de repente millón y medio en el banco, el millón del colegio y el medio de la subasta. En su banco sospecharían. No creo que lo guarde en su casa; un ladrón podría entrar y quitárselo. El único sitio que se me ocurre es el colegio, un edificio grande, con miles de escondites.

Corazón Gris sacó del bolsillo superior de su cazadora la agenda electrónica, a la que apreciaba más que a muchas personas, y un disquete. Lo introdujo en la disquetera de la agenda. Lo abrió.

—Copié en el disco sus archivos; cruzad los dedos.

En la diminuta pantalla, a gran velocidad, se sucedieron cientos de dígitos. Los ojos de Corazón Gris brillaron de repente. Presionó una tecla. Los dígitos se esfumaron y apareció una palabra: *yate*.

YATE
TLAC

CAPÍTULO OCHO

Caín contraataca

No era una gran pista. El término *yate* estaba grabado en cada una de las acciones del Quebrantahuesos. Las fotografías de yates inundaban su despacho, convirtiéndolo en una especie de dique seco. El término *yate* centraba sus conversaciones; comparaba cualquier cosa con un yate. Que un tipejo como aquél sintiera pasión por los barcos, me repugnaba. Yo había llamado a nuestra sociedad los Corsarios de la Sombra por las implicaciones de las palabras. Los corsarios surcaban en la antigüedad los océanos, abordaban las goletas de los imperios y ridiculizaban al poder. Tenían coraje y se reían del peligro con una jarra de ron en la mano; la otra, en la cintura de una mujer. *Yate,* en boca del Quebrantahuesos, ensuciaba todo lo que yo adoraba. No me lo imaginaba como un capitán pirata, aguerrido y valiente, sino como un grumetillo falso y traidor.

Yate debía señalar algo fundamental; de lo contrario, el Quebrantahuesos no lo hubiera sepultado bajo un montón de claves. Malabar y Valeria sostenían que obedecía a la obse-

sión del director. Puro juego infantil: para darle importancia, lo había enterrado bajo un cofre informático. Corazón Gris dudaba:

—El Quebrantahuesos no es ningún imbécil, pero tampoco tiene mucho sentido que el archivo más inaccesible de su ordenador sea el de *yate*.

—Es un esquizofrénico, es la explicación más lógica.

Valeria recurría a la razón para zanjar las discusiones; un recurso típico de las chicas lo de plantar los pies en el suelo caiga quien caiga.

—La solución pasa por meterse en la cabeza de un ladrón —sugerí—. Los ladrones ocultan el dinero robado en lugares que tienen que ver con sus manías.

Nuestras miradas convergieron en Corazón Gris, cuyas mejillas enrojecieron, algo que no esperábamos de él, tallado en hielo como parecía estar. Contemplarle de aquella manera era lo mismo que llamarle ladrón. Reventaba cerrojos con ganzúas improvisadas, emulaba a un *hacker*[1] en el despacho del director; qué íbamos a pensar.

—*Hey,* lo hago por todos —se defendió.

Ahora los que sentíamos vergüenza éramos nosotros; le habíamos insultado. Bajamos la vista, anclándola en un punto indeterminado. Nuestras contradicciones entre lo que estaba bien y mal, el descubrimiento de zonas neutras entre ambos extremos, allí y entonces, punzaba nuestras gargantas con disculpas que no podíamos expresar. Durante largos segundos se levantó un muro inexpugnable. Al otro lado quedó Corazón Gris. Malabar intentó derribarlo con:

—Lo sentimos, de verdad, la hemos fastidiado.

---

[1] Pirata informático.

Las disculpas resultaron estériles. Corazón Gris giró ciento ochenta grados y, antes de finalizar el recreo, regresó a clase cabizbajo. Después de que se marchara, el patio pareció vacío. Malabar se despojó del sombrero y comenzó a acariciar la pluma. Nunca le había visto abatido. Valeria estaba triste. Yo reflexionaba en torno a la cuestión del bien y del mal, y averiguaba con dolor que eso significaba crecer, despejar el sendero de afirmaciones y adentrarse en un mar de dudas; sólo que en este caso madurar nos estaba costando un buen amigo.

—Voy a buscarle.

Malabar se caló con brusquedad el sombrero y atravesó el patio. Valeria, sin mediar palabra, se incorporó y siguió a Malabar. Yo era Sombra, se suponía que el primer "corsario", la piedra angular de la sociedad. Maldecí haberla creado, maldecí que me aceptasen en el equipo, maldecí mi estupidez. Me erguí sobre mi bastón y me dirigí a la clase de Corazón Gris, sabiendo que mil perdones no salvarían nuestra amistad, o lo poco que restase de ella. Observé mi sombra; aún incolora, sus líneas empezaban a dibujarse, a ser reconocibles en el pavimento, a adquirir volumen. Lo atribuí a la madurez que, como un espía, nos estaba acechando. Siempre había oído decir que era urgente crecer, pero jamás sospeché a qué precio.

Llegué al aula y el paisaje era desolador. Valeria rodeaba con el brazo los hombros de nuestro amigo, que perdía la mirada. Malabar, como un animal enjaulado, daba vueltas. En el suelo, esparcidas las piezas, irreparable, se veía la agenda electrónica de Corazón Gris.

Caín había estado de visita.

CAPÍTULO NUEVE

Valeria versus Serpentaria

Las cosas fueron así:

Caín, instantes antes de que apareciéramos, había entrado en el aula con su pandilla, se había sentado en una silla, dedicándole una sonrisa a Corazón Gris. Trasgo y Forja habían sujetado por los brazos a nuestro amigo. Al intentar defenderse, Forja, de un empujón, le había arrojado al suelo, situación que utilizó Trasgo para propinarle una patada en el estómago y cortarle la respiración. Serpentaria, tras cachearle, le había robado el ordenador de bolsillo, poniéndolo con delicadeza en el suelo. Acto seguido lo había destrozado a pisotones.

Caín se había despedido explicando:

—Tío, lo de Apolo no me ha gustado. Ya sabes, el que la hace la paga. Que te den.

Serpentaria, embutida en una falda corta y una camisa blanca con flores estampadas, con su aire inocente de chica coqueta y honesta, hacía mohínes a Caín. Representaban la escenita para la galería. El comedor estaba vigilado por tres profesores, distintos cada día. Rotaban por riguroso turno.

Serpentaria demostraba, actuando y con cinismo, su cariño por Caín, buen estudiante, siempre dispuesto a mediar en un problema. No era difícil ver acudir a su mesa a los alumnos en busca de favores. Respondía a cada petición con una sonrisa y una promesa que cumplía. Resolvía las discusiones entre compañeros de forma violenta, y a cambio exigía favores. O que redactasen por él un complicado trabajo, o que le soplasen un examen, o que le entregasen la paga semanal. Sacaba provecho de cualquier situación y, cuando transcurría un tiempo y no ocurría nada que alterase el ritmo del colegio, metía cizaña y provocaba disturbios que él mismo arreglaba. Caín no era vago, no tenía que serlo; caminaba despacio, no necesitaba hacerlo deprisa. Se comportaba como el amo del colegio, y lo era.

Corazón Gris pelaba una naranja con el entrecejo fruncido, silencioso y taciturno. Las recriminaciones de la mañana habían sido digeridas y olvidadas. Corazón Gris no había obrado con malicia; lo que pasaba es que no había tenido otra manera de obrar.

Malabar había terminado el postre y cruzaba los brazos, mirando la mesa de Caín y buscando un gesto de Trasgo, pero Trasgo no quería pelea. Valeria contemplaba a Corazón Gris y sus pupilas brillaban. Le quería, sin admitirlo, y yo lo notaba y me dolía porque estaba enamorado de ella. Era hora de reconocer que no tenía ninguna posibilidad. El brillo de los ojos de Valeria fue emsombreciéndose como una pavesa a punto de apagarse. Sus pupilas quedaron reducidas a dos puntos oscuros que se proyectaban sobre Serpentaria. La sombra de Valeria se movió, y se movió ella. Se dirigió a la mesa de Caín y los suyos. Se detuvo al lado de Serpentaria y, acto seguido, dijo:

—Te has pasado con nuestro amigo.

—¿Ese cerdo es tu novio? —preguntó Caín.

En eso, Valeria, con lentitud, asió la jarra de agua, la elevó sobre la cabeza de Serpentaria y la volcó, empapándola. Serpentaria se incorporó hecha una furia, insultándola. Caín fue incapaz de reprimir una carcajada; lo cierto es que su novia estaba muy graciosa, la pobrecita, mojada de pies a cabeza. Serpentaria miró a Valeria y a Caín indistintamente, sin saber que le producía mayor indignación: la reacción de su novio o la agresión de Valeria. Se decidió por su novio y se precipitó sobre él. Caín realizó un gesto con la mano y Trasgo la interceptó, alejándola en volandas de la mesa.

—Tendré que pensar en ficharte —dijo Caín con chulería.

—Espera a ver el final.

Por la tarde, en clase.

El de Lengua impartía una lección sobre oraciones subordinadas; aunque me esforzara en comprenderlo, no lo entendería. Las subordinadas sonaban a *gregario,* a algo o alguien que dependía de un primero. Aborrecía esa organización de la sociedad: unos encima, mandando; los subordinados debajo, obedeciendo. La clase me aburría y Valeria estaba castigada en el gimnasio con Serpentaria. Los profesores que vigilaban el comedor imaginaban que encerradas juntas firmarían la paz. Eran unos tontos o unos ingenuos. Miré por la ventana, no tenía otra cosa que hacer. La tarde era luminosa y, de repente, se me aflojó la risa. El resto de la clase se fijó en el patio. La risa fue general y contagió a todas las aulas del colegio orientadas hacia allí.

Unas prendas de vestir volaban sobre el pavimento. Serpentaria intentaba atraparlas. Corría detrás de la ropa como una posesa, como su madre la trajo al mundo, en pelotas.

CAPÍTULO DIEZ

Un ataque de celos

El viernes, Serpentaria no vino a clase, el sábado no asistiría al partido de baloncesto, el lunes pretextaría padecer una enfermedad repentina. Lo cierto es que Valeria la había humillado.

Los profesores del comedor las habían castigado en los vestuarios. Tanto el verdugo como la víctima, cuyo papel representaba Serpentaria, tenían que ser encerrados, para reflexionar y pedirse disculpas. En las sociedades normales se encarcelaba al verdugo y se honraba a la víctima. En el colegio no se hacían tales distingos, todos eran culpables: la víctima seguramente habría provocado al verdugo. La mentalidad de los adultos, como les gustaba llamarse, era absurda. Serpentaria intentó acobardar a Valeria con amenazas veladas, pero Valeria contestó que bien, vale, como te apetezca, a puñetazos, pues a puñetazos. Serpentaria se rajó. Se metió en una de las duchas, dejó la ropa y la ató fuera y abrió el grifo. Valeria formó un hatillo con la ropa con un cordel de nailon. Cómo había conseguido el nailon transparente,

era un misterio. Se empezaba a comportar igual que Corazón Gris: por amor, por mimetismo, no sé. Serpentaria terminó de ducharse, se enrolló la toalla y buscó su ropa. Vio abierta la puerta del vestuario que daba al patio; en el suelo, pegado a una de las jambas, estaba el hatillo de ropa. Fue a recogerlo. Valeria ya se encontraba en el exterior, oculta tras un banco, sosteniendo el final del cordel de nailon. Serpentaria se agachó, se dispuso a alcanzar el hatillo y la toalla se le enganchó en el pomo de la puerta. En ese momento Valeria tiró del cordel. Serpentaria, cegada y aturdida por la visión de la ropa que se movía sola, salió tras ella, sin advertir que perdía la toalla.

Durante el recreo observamos a Caín, flanqueado por Forja y Trasgo. Se encontraban reunidos detrás de la portería, como era habitual. Aunque Caín mantuviera su pose jactanciosa, ya no se sentía impune; eso le debilitaba, seguro. No nos separamos, había que estar alerta. Volvimos sobre el asunto del archivo *yate*. Malabar y Valeria admitieron mis tesis. Destrozarle el ordenador de bolsillo a Corazón Gris no era una simple venganza. Caín había desbaratado la única pista que teníamos.

—¿Por dónde empezamos? —preguntó Valeria.

—Buscaremos cosas relacionadas con *yate* —sugirió Corazón Gris.

Luego, por el morro, rodeó con el brazo el talle de Valeria. Valeria compuso una sonrisa, tan hermosa que me dolió el corazón porque no iba dedicada a mí.

—Estamos trabajando —dije celoso.

Corazón Gris, en vez de retirar la mano, levantó la barbilla. Valeria, en una reacción típica de chica enamorada, le besó en la mejilla, despreciando mis sentimientos hacia ella. Se tenía que haber dado cuenta de que la quería, ¿o no? Le concedía el beneficio de la duda. Corazón Gris era demasiado inteligente para pasarlo por alto. Lo percibí como una agresión. Dije:

—No te entiendo.

—No hay demasiado que entender.

La respuesta de Corazón Gris no parecía la de un amigo. Tal vez aún le picaba haber sido llamado ladrón.

—Ya te pedimos disculpas —le recordé.

—No tiene nada que ver —dijo.

—Bueno, cuéntame con qué tiene que ver.

—¿Estás ciego?

—Veo que Valeria te ha dado un beso.

—No lo pongas más difícil —pidió Corazón Gris.

—Es que habéis sido cantidad de delicados.

—¿Qué esperabas? —comenzó Valeria—. Ha salido como ha salido. Tú me gustas, más de lo que imaginas. Pero prefiero a Corazón Gris, a él le quiero.

Me marché con cara de imbécil, arrastrando la pierna. Corazón Gris no se vengaba ni estaba resentido. Había rodeado el talle de Valeria por impulso, y Valeria le había besado por lo mismo. Me esforcé en aceptar la realidad, lo que no hacía con frecuencia.

Mi sombra, entonces, tras el desencuentro, me mostró su color: era amarilla, como la tristeza.

CAPÍTULO ONCE

¡Qué asco!

Consideraba que mi existencia había sido una sucesión de fracasos, y que Sombra, mi nombre, mi condición actual, no los borraría. Estaba creciendo a base de desilusiones; no podía ser de otra manera. Era la primera vez que me enamoraba y no me concedían ninguna oportunidad. Antes solía achacar los reveses a mi minusvalía, con tal de justificarlos. Durante este curso empezaba a conocerme, a asumir mis defectos, a conocerme por dentro. Pero el amor era un sentimiento que no controlaba, que huía de catalogaciones y respiraba solo. Me fastidiaba lo fácil del asunto. De lo contrario le hubiera dado vueltas y revueltas, y hubiera llegado a conclusiones que me aliviasen. Valeria amaba a Corazón Gris, Corazón Gris amaba a Valeria; fin del cuento.

Yo quedaba fuera.

Mi sombra se había revelado por completo. Era de un amarillo casi transparente, como la tristeza que anidaba en mi interior, supeditada a la pierna. No existía una sin la otra. Se habían desarrollado en un tiempo parejo, hasta hermanarse.

Intuía que siempre me acompañarían. Mi sombra no era grande ni pequeña, aunque, por lo que veía, se delimitaba sobre el asfalto con perfiles claros.

La primavera difuminaba los contornos del patio, la luz cruda del mediodía incidía en los objetos y las personas, transformándolos. Corazón Gris estaba sentado con Valeria en el banco, estaban arrebujados, contándose mil y una historias. Yo había regresado a mi esquina, a mi rincón, aguardando la campana de una pelea que no estaba seguro de ganar. No habíamos avanzado demasiado en las pesquisas; aquello comenzaba a parecerse a una guerra de guerrillas. Malabar se plantó frente a mí, me dedicó una reverencia y una mueca.

—No estoy para bromas —dijo.

—Tienes razón.

Cruzamos el patio. Al vernos, por no herirme, Valeria y Corazón Gris se separaron. Lo agradecí con una sonrisa.

—En los servicios, en las duchas o en las cocinas —se adelantó Corazón Gris—, tú eliges.

—En las duchas de los vestuarios.

Debíamos buscar en los sitios del colegio que tuvieran relación con la palabra *yate;* allí, por lógica, la de un ladrón, el director habría escondido el dinero. Lo más cercano a un yate, a un barco, era el mar, el agua. En el colegio no había mar, pero sí agua, en los servicios, las duchas de los vestuarios y las cocinas. El Quebrantahuesos, por necesidad, ocultaría el dinero en alguno de esos tres lugares. Decidirse a priori por las duchas era un tiro a ciegas.

Caín, Forja y Trasgo obstruyeron nuestro camino. Malabar bajó los brazos y cerró los puños. Trasgo le contempló con desprecio.

—No eres muy discreto, Caín —dije.

—No te preocupes, no voy a montar la bronca en medio del patio.

—Pues lárgate.

—Tranqui, cojito, quería saludarte.

—Ya lo has hecho.

Caín movió los alerones de su nariz.

—Oléis a estiércol.

Se marcharon riéndose a pleno pulmón. Lo entenderíamos, para nuestra desgracia, minutos después.

En las duchas hubo suerte... de la mala.

Llegamos a los servicios, al de los chicos y al de las chicas. Entramos en el de los chicos. Malabar se apostó en el umbral para cortar el paso a los curiosos y permitirnos trabajar tranquilos. Un par de alumnos llevaban prisa; Malabar recomendó que orinaran en el de las chicas. Se rieron; Malabar también se rió, a su manera. Los alumnos se esfumaron. El servicio estaba formado por un largo y estrecho pasillo, donde se alineaban unos grifos, los urinarios y, separados por tabiques de madera y cerrados por puertas, los inodoros. No prestamos atención ni a los grifos ni a los urinarios. Las puertas de los inodoros estaban cerradas. Corazón Gris comenzó a abrirlas, una a una, y a comprobar las cisternas. Sospechábamos que el Quebrantahuesos podría haber metido el dinero en una bolsa, introduciéndola en una de las cisternas. Corazón Gris repitió la operación unas cuantas veces, con nulos resultados. La última puerta estaba atrancada. La empujó; resistió. Recabó la ayuda de Malabar, que se acercó y, con toda la violencia de la que era capaz —a decir verdad, bastante—, cargó contra la puerta. La puerta cedió. Entonces, sobre la cabeza de Malabar, se derramó un cubo lleno de estiércol.

SBAAAM

CAPÍTULO DOCE

Luisa descubre el pastel

Malabar había pasado la noche del viernes en la bañera, maldiciendo a Trasgo y urdiendo una venganza de la que nos enteraríamos luego; una venganza que nos disgustaría. Se había lavado la cabeza un montón de veces, restregado el cuerpo otras tantas, gastando en el empeño dos pastillas de jabón y un puñado de rabia; así que el sábado por la mañana olía a recién nacido. El método utilizado por Caín era viejo pero efectivo: encima del dintel de una puerta se colocaba un cubo lleno de agua; el que la abría recibía una ducha; en este caso el cubo estaba repleto de estiércol. Asqueroso, realmente. La calma de Malabar me inquietaba, anunciaba tormenta. Yo estaba preocupado, habíamos estirado la cuerda y Caín aceptaba encantado el reto. Al enfrentarnos a Apolo, Caín contraatacaba destrozando el ordenador de Corazón Gris. Después de que Valeria ridiculizara a Serpentaria, vertía su odio sobre Malabar.

El patio estaba a tope, se cruzaban apuestas sobre el resultado del partido, la semifinal interescolar. Los nuestros habían barrido a los otros equipos; contábamos con un *crack*[1]. Malabar todavía no se había enfundado el uniforme del equipo, lo que resultaba extraño. A la urgencia del entrenador contestaba: "Hay tiempo de sobra." Recibía ánimos y se le recomendaba que no se comportase con excesiva dureza; si ganábamos, debía reservarse para la final. Una expulsión en aquel encuentro le impediría jugarla.

Trasgo ya estaba vestido y, peloteando, ocupaba su posición de pívot.

Quince minutos antes del comienzo, el perímetro de la cancha estaba ocupado por los seguidores de ambos equipos. El problema era que el rival no aparecía. El partido se demoraría, se aplazaría una semana o se suspendería. El Quebrantahuesos miraba con impaciencia su reloj. Malabar continuaba sin cambiarse, impertérrito. En medio de la maraña de alumnos vimos a Luisa, radiante y guapa, saludándonos y caminando en nuestra dirección.

—Hola, corsarios —clavó sus ojos en Corazón Gris—. Llevo toda la semana intentando mandarte una carta por correo electrónico. Me tenéis preocupada.

Le relatamos los últimos acontecimientos. Luisa asentía o negaba con la cabeza, sorprendida por la catadura de Caín, su maldita estampa.

—Tenéis que cuidaros; ese chico es un delincuente.

—A nuestra edad no existen los delincuentes, sólo la mala educación —dijo Malabar.

El sarcasmo no agradó a Luisa, que replicó:

—¿Conoces el refrán de la excepción?

—Voy a partirle los morros a Trasgo —aseguró Malabar.

---

[1] Jugador estrella.

Luisa me dedicó un gesto. Apreciaba a Malabar, pero condenaba su conducta. Me tocaba paliar su inclinación hacia la violencia. El propósito de los centros escolares era formar personas capaces de pensar por sí mismas, no conducirlas como borregos, y corregir a los alumnos especiales, entre los que se encontraba mi amigo, propenso a arreglar su mundo y los ajenos a puñetazos. Luisa pedía que le corrigiese; cómo diablos lo iba a hacer, con consejos paternales, de adultos incapaces de comprendernos...

El director reparó en Luisa y se aproximó.

—Creí que estaba descansando, mi querida amiga. Habrá que pensar en adelantar sus vacaciones definitivamente.

—A lo mejor las toma usted antes que yo.

Los músculos de la cara del Quebrantahuesos se contrajeron, y adoptó el aspecto de un buitre: las sienes aplastadas, los pómulos planos, la nariz ganchuda y picuda. Resopló y se largó indignado.

—Chicos, he conseguido una prueba.

Luisa extrajo del bolsillo del pantalón un papel. Nos lo enseñó. Era una transferencia bancaria, de la cuenta del colegio a una naviera, por valor de un millón de pesetas.

—¡Está comprando un yate! —saltó Valeria.

—De segunda mano. Cuesta unos dos millones. El Quebrantahuesos ya ha pagado la mitad y ha prometido pagar el resto la semana que viene.

—Tiene el medio millón de la subasta. ¿Dónde conseguirá las otras quinientas mil pelas? —preguntó Corazón Gris.

—El martes debe firmar unas nóminas que ascienden a esa suma.

—Todo este lío por dos millones; es un miserable —apuntó Malabar.

P.ts.
NAVIERA

—Me temo que no es una solución muy ortodoxa —dudó el entrenador.

El entrenador rival se frotaba las manos, viendo ya a nuestro amigo en su banquillo. Conocía su risa de duende y su habilidad en la cancha.

—Es la única solución, y la más honesta —dijo Malabar.

"Buen chico", pensé. Mentía con una naturalidad asombrosa. Al jugar en el equipo contrario tendría enfrente a Trasgo. Cualquier encontronazo durante el transcurso del partido se contemplaría como parte del juego: el baloncesto era un deporte de contacto.

—De acuerdo —convino el entrenador—. Ve a cambiarte.

Malabar, al cabo de unos minutos, salió a la cancha vestido con los colores del equipo rival, ocupando la posición de base.

Empezó el partido; Malabar repartía el juego. Le pasó la pelota al alero, que ensayó una canasta de tres puntos. Trasgo le hizo un tapón y recuperó la pelota. Se la lanzó a su base; éste la botó. Malabar se la arrebató. Trotó en la cancha, dribló a dos contrarios y encestó. Trasgo le observaba al bies. Se movió la pelota de nuevo, y de nuevo Malabar la robó; se rió con ganas. El equipo contrario, exceptuando a Trasgo, quedó paralizado unos instantes. Malabar brincó bajo la canasta; Trasgo le hizo una falta. Le dio un codazo en el pecho. El árbitro le reprendió. Se sacaba de un lado. Malabar volvió a volar y Trasgo, entonces, con la rodilla, le golpeó en el estómago. Malabar cayó al suelo. El entrenador de nuestro equipo pidió tiempo muerto.

Se reanudó el partido. Trasgo adelantó su posición un metro, para cubrir mejor la canasta de las embestidas de Malabar. No era capaz de detenerle, encestaba desde cualquier ángulo. Los nuestros iban perdiendo. Hacia la mitad del partido, Trasgo cometió la tercera falta personal. Esta vez, Malabar se incorporó del suelo con un hilillo de sangre en la comisura de los labios.

Ya tenía su excusa.

Malabar aguardó a los últimos segundos del partido. Botó la pelota, miró la cancha, la canasta, a Trasgo, desafiándole bajo la red. Comenzó a descontar tiempo, atravesó el campo a toda velocidad, esquivando a los jugadores. Trasgo le estaba esperando. Malabar saltó por encima de la canasta: con una mano conseguía un mate; con la otra le pegaba a Trasgo un puñetazo seco, brutal.

El equipo rival había ganado. Malabar se retiraba a las duchas mientras Trasgo permanecía tirado en el suelo.

Luisa se despidió decepcionada por la conducta de nuestro amigo. Prometió regresar al colegio el lunes.

Le encontramos en los vestuarios. En esos momentos se estaba calando el sombrero.

—No ha estado bien —apunté.

—Era mío. Uno menos.

—Le has roto la nariz —advirtió Corazón Gris.

—Se lo merecía.

—¿Qué has hecho con el equipo titular? —preguntó Valeria.

—Les llamé por teléfono.

Malabar era uno de los nuestros, pertenecía a Corsarios de la Sombra. Debía regirse por un código ético.

—¿Qué les dijiste? —interrogué.

—Les recordé que hoy jugaban contra mí. Les dije que iba a ser un partido difícil. Que eligiesen: o pillaban una gripe o yo les contagiaba un resfriado. La verdad es que estuvo chupado convencerlos.

—Eso es una amenaza —dije.

—Si me lío a puñetazos con Trasgo, me echan del colegio. Dentro de la cancha ocurren cosas.

No nos gustaba un pelo su discurso, era fanfarrón y malintencionado. Refresqué su memoria:

—Fundamos Corsarios de la Sombra para combatir a la gente que actúa así. Malabar, hay un límite.

—Y tú decides cuál es, porque eres el jefe, ¿no?

CAPÍTULO CATORCE

No puedo correr

—Aquí no hay jefes. Tomamos las decisiones entre todos. Te pasaste —aseguré—. Vosotros mismos me lo dijisteis: "Nadie más que nadie."

—¿Me estáis echando del grupo? —preguntó Malabar.

—Sólo queremos que te lo pienses mejor —dijo Corazón Gris.

Malabar refunfuñó y enmudeció. En adelante deberíamos controlarle. Era domingo, una luna menguante cubría de claroscuros las aceras. El colegio se levantaba silencioso. De fondo sonaba una pelea de gatos y la calle estaba vacía. La brisa agitaba las hojas de los árboles, como en un susurro. En la distancia se recortaban algunos edificios, con las ventanas abiertas. Era una primavera calurosa. Malabar se quitó el sombrero y trepó por la tapia del colegio. Asomó la cabeza; una linterna le iluminó. Se escuchó:

—¡Alto!

El Quebrantahuesos, que se había tomado en serio la advertencia de Luisa, la que mencionaba unas vacaciones antici-

padas, había contratado un guardia de seguridad. Su presencia confirmaba nuestras conjeturas. El guardia jurado protegía el colegio y, por añadidura, el medio millón de pesetas del robo de la subasta. Malabar descendió al suelo y gritó:

—¡A correr!

El guardia se apresuró; vimos el haz de la linterna bailar en la oscuridad.

—¿Y Sombra? —interrogó Valeria.

—Yo me ocupo —contestó Malabar.

Corazón Gris y Valeria se alejaron calle abajo. Yo no podía seguirlos a la carrera. Malabar susurró:

—Detrás del coche.

Me escondí. Malabar se caló el sombrero, se apoyó en un árbol y esperó con parsimonia al guardia jurado, que se detuvo jadeante.

—¿Qué hacías, muchacho?

—Escuché un ruido y me asomé, estudio en este colegio. Creí que era un ladrón.

—¿Tengo aspecto de ladrón?

Perdimos el domingo, el Quebrantahuesos se nos había anticipado. Sólo nos quedaba el lunes. Los acontecimientos se habían precipitado. Aún nos esperaba una sorpresa: la venganza de Corazón Gris.

CAPÍTULO QUINCE

Lunes de Resurrección

El lunes, a las siete y media de la mañana, Malabar vigilaba por la tapia lateral del colegio los movimientos del guardia jurado. A los ocho, el ujier descorrería las puertas de la verja y el guardia jurado se marcharía. A las ocho y media sonaría el timbre que anunciaba la entrada en las aulas. Disponíamos de treinta minutos para descubrir el escondite del dinero, entregárselo a Luisa, desenmascarar al Quebrantahuesos, eludir la expulsión e incorporarnos a clase. El día despuntaba con nubes naranjas y rojas que se tamizaban sobre un cielo azul. Corazón Gris lo contempló, y dijo:

—Vamos a tener un día despejado, es una pena que Forja se lo pierda.

El domingo había estado trabajando. Se sabía la clave del *e-mail* de Forja: la había copiado de los archivos del Quebrantahuesos. Corazón Gris conocía un montón de virus informáticos. Escogió el que más le gustaba y se lo mandó a Forja por línea telefónica. El Pack Man era uno de los primeros virus que se habían diseñado. Era igual que el juego: una pelota con ojos ensanchaba una boca enorme y se iba comiendo lo que aparecía en la pantalla, hasta destruir el disco duro. Era imparable y se activaba al encender el ordenador. Corazón Gris lo había modificado.

Forja, el domingo por la noche, abrió su ordenador, un archivo, y se puso a teclear. De repente, en una esquina de la pantalla, se materializó el rostro de Corazón Gris, con una boca descomunal. Comenzó a fagocitar la pantalla de arriba abajo, con lentitud, a lo largo de cuarenta minutos. A mitad de página se detuvo, reiniciándose el proceso dos horas después, durante otros cuarenta minutos... y vuelta a empezar. A estas horas de la mañana, Forja continuaba clavado frente al ordenador, desconcertado, intentando remediar que el singular Pack Man devorara su disco duro.

El guardia jurado se despidió del ujier, que abrió la verja de par en par y se dirigió al interior del colegio. Cuando le perdimos de vista, cruzamos el patio, nos internamos en la planta baja y llegamos a las cocinas. Los fogones estaban apagados y los cacharros ordenados en los estantes. El fregadero era enorme, cabían en él varias de aquellas cazuelas gigantescas donde se cocinaba para cientos de alumnos.

—¿Y ahora qué? —preguntó Valeria.

—Hay agua en los grifos y la manguera del fregadero —dijo Corazón Gris.

—Son sitios demasiado estrechos, no navegaría ni un yate en miniatura.

Investigamos en la cocina. Me fijé en el desagüe del fregadero, era lo suficientemente ancho como para ocultar la pasta.

—¡El desagüe...! El dinero está en el desagüe del fregadero, y además nadie miraría ahí, está lleno de porquería.

Malabar agarró un cuchillo, levantó la tapa del desagüe, que era grande, el doble de lo normal. Malabar se llenó las manos de mugre. Había acertado. Enrollados en un apretado canutillo y envueltos en plástico, encontramos los billetes, las quinientas mil pesetas de la subasta. Nos dispusimos a contarlas.

—Sois listos, muchachitos.

Nos dimos la vuelta. El Quebrantahuesos estaba en la puerta empuñando su fusil de pesca submarina. Tenía una pinta ridícula.

—¡Dadme el dinero!

Le arrojé el dinero a la cara. Era tan avaricioso que soltó el fusil para atraparlo. Entonces Malabar se precipitó sobre él y le derribó. Corazón Gris se apoderó del fusil y le apuntó.

Ese lunes resucitamos.

CAPÍTULO DIECISÉIS

El cobarde

Valeria llamó a la policía. Nos llevaron a comisaría.

Después de la comida, el ujier dijo que nos esperaban en el despacho del director. Ascendimos las escaleras temerosos; desconocíamos quién era el nuevo director. Habíamos pasado la mañana declarando en comisaría. El Quebrantahuesos, en esos momentos, se hallaba a disposición del juez, por robo y amenazas físicas a menores. Llamé con los nudillos, no obtuve respuesta, entramos. Nos llevamos una sorpresa: Luisa estaba sentada a la mesa, con una sonrisa de oreja a oreja.

—Pasad, corsarios.

Nos contó que el claustro de profesores había estado reunido y que la habían nombrado directora. Quedaba un asunto por resolver. Pregunté:

—¿Qué hacemos con Caín?

—Lo dejo en vuestras manos.

Nos dirigimos al patio. Caín se encontraba en el banco ubicado detrás de la portería, solo. Me senté a su lado. Corazón

DIRECTORA

Gris, Malabar y Valeria permanecieron de pie, flanqueándonos. Contemplé mi sombra y la de Caín. La mía ya era adulta, de un amarillo resplandeciente y contornos reconocibles. La de Caín había empequeñecido y perdido color. Aseguré:

—Sin tu pandilla no eres capaz de controlar el patio.

Caín bajó la cabeza y dijo:

—Intentaré portarme bien, cojito.

Se levantó y se marchó, eludiendo la pelea, el muy cobarde.

Ocupamos el banco de Caín y los suyos. Los ojos de Malabar brillaron con un fulgor especial, como si el patio del colegio y el destino de los alumnos le pertenecieran.

FIN

ÍNDICE

¿Cuándo te has dado cuenta? —preguntó Micro a G.J.

—Ayer por la noche. Hacia las dos de la madrugada me levanté con mucho calor. Decidí abrir la ventana de mi dormitorio, y al hacerlo, percibí un tufo raro, —contestó G.J.

—¿Tufo a humo? —inquirió Zas arrugando la nariz como si acabase de descubrir el aroma más pestilente del universo.

—Sí, exacto. Entonces descubrí que una de las chimeneas de la fábrica abandonada echaba humo.

—No hay que alarmarse sin motivo, —comentó Zas displicente—, quizá alguien ha comprado la fábrica y está haciendo una reforma para volverla a utilizar.

A Zas le gustaba demostrar que era una persona realista, entendida en asuntos profesionales, y que no se dejaba impresionar fácilmente.

—Es una buena deducción, pero hay algo que no encaja, —comentó G.J.

—¿Qué es? —preguntaron Micro y Zas al tiempo.

—Que las obras suelen hacerse durante el día.

—¿Y?

—Pues que en este caso, la chimenea funciona exclusivamente por la noche, —respondió G.J. en tono enigmático, y explicó—: Hoy he llegado tarde al colegio porque he estado fisgando un poco y no he conseguido ver nada. La fábrica estaba totalmente abandonada, igual que siempre.

—Eso significa, —interrumpió Micro—, que...

En ese momento Zas dio un respingo.

—¡El perro!, ¿dónde está el perro que vigila siempre la fábrica? —exclamó a gritos.

Micro y G.J. recordaban bien al perro que, desde hacía algunos años, impedía el paso a los intrusos, y al que de vez en cuando Zas pretendía amaestrar llevándole algún hueso, aunque se lo tenía que tirar desde lejos porque el animal mostraba los colmillos y no había manera de acercarse a él.

—El perro estaba allí esta mañana, ...tan majara como siempre —contestó G.J. con jovialidad.

—¿No oíste sus ladridos por la noche? —preguntó Micro.

—No.

—Tampoco ha ladrado ahora —comentó Zas, mientras miraba de nuevo por la ventana.

Micro entonces agarró el telescopio de fabricación casera de Zas, y examinó con él el terreno que rodeaba la fábrica.

—Hmmm —dijo— ya sé por qué no ha ladrado.

Zas puso los ojos en blanco y le dijo a Micro enojado:

—¡¿Otra vez la misma cantinela?! A ver, so microbia, ¡desembucha!

Micro entonces le devolvió el catalejo y ordenó irónica:

—¿No te gustaban tanto los acertijos?, pues anda, Lagartijo, ¡averígualo tú mismo!

CLOROF

—¡Ay va!, ¡si está fiambre! —exclamó Zas mientras observaba la escena con su catalejo de fabricación artesanal.

—No —respondió Micro de forma tajante.

—Sí, míralo. Tieso como una estaca, vamos, más muerto que el caniche de mi tatarabuela. Míralo, anda, míralo —insistía Zas.

—Te digo que no.

—Y yo digo que sí, ea.

—¿Apostamos?

Zas puso los ojos en blanco y adoptó un gesto de extremada resignación.

—¡Anda, que eres más tozuda que un ataque de hipo!, ¡hija! —exclamó elevando los brazos.

Micro soltó una carcajada. Zas le parecía ridículo cuando se hacía el mayor, así que, sin dejar de reír, le atosigó un poco:

—¡Déjate de rollos!, ¿apuestas algo o no?

—Vale —exclamó Zas en tono cansino, y dicho esto sacó de su bolsillo trasero un tirachinas y una pelota compacta, del tamaño de una nuez, que había hecho con nueve chicles usados.

Abrió la ventana, apuntó con precisión hacia el lugar donde yacía el perro y ¡Fssss!, la bola salió por los aires, veloz y dura como una piedra.

Los Lagartijos oyeron en devoto silencio el recorrido del proyectil de chicle, hasta que percibieron un agudo ¡Cris, Crac!

—¡¿Serás mendrugo?! —exclamó G.J. furioso.

—¿Quién?, ¿¿yo?? —preguntó Zas haciéndose el inocente.

—Sí, tú, ¡tienes menos gracia que el pedo de un mono, tío! ¡Has roto el cristal del coche de mi padre!, —chilló G.J., mientras observaba con espanto el desastre a través del telescopio casero.

—La culpa es de Micro, que se ha puesto muy insistente, —respondió Zas señalando a su amiga.

—¿¿Míaaa?? —exclamó ella colérica—. ¿Acaso te he pedido que lanzaras un pedrusco?

—Pues sí, mira tú por dónde —respondió Zas envanecido—, y además he ganado la apuesta porque el chucho ése no se ha movido a pesar del cisco que se ha montado.

—¡Cuando se entere mi padre me mata!, ¡me degüella! —se quejaba G.J., y para calmarse un poco decidió recurrir a un plátano que tenía guardado en el bolsillo de la chaqueta.

Micro entonces se puso en jarras y mirando a Zas a los ojos le espetó:

—Pero ¿¡cómo demonios quieres que se mueva ese perro...!? ¡Está profundamente dormido!

—Ni hablar, ricura, está tieso, fiambre, cadáver...

Micro, furiosa, entregó el catalejo a G.J., que en ese momento engullía con deleite su plátano, y le ordenó:

—¡Lee!

—El qué —respondió G.J. sorprendido.

—Lo que pone en el frasco. Me refiero al que está tirado cerca del cubo de basura, ...allí, junto al perro —impuso Micro con voz autoritaria.

Sin dejar de masticar su exquisito manjar, G.J. examinó detenidamente lo que le pedía Micro y dijo entre dientes:

—Allí pone la palabra "Cloroformo".

Ella, triunfante, se dirigió a Zas en tono de burla: —¿Lo ves, pedazo de cenútrio? ¡Me debes una!

—¡Bah!, no hemos quedado en nada, —respondió él, poniendo una cara más inocente que un cubo de playa.

Al ver que sus amigos comenzaban a pelear de nuevo,

G.J. decidió distraerles un poco y comentó con un suspiro:

—Sigo sin comprender algo: ¿por qué el perro no ha ladrado a la persona que le ha suministrado la anestesia?

—La respuesta es sencilla —añadió Zas—. ¿Qué es lo primero que hacen los perros cuando encuentran algo extraño?

—Olerlo —respondieron a coro sus amigos.

—Allí tenéis la explicación —comentó Zas orgulloso—. Seguramente le tiran el frasco desde lejos. Luego el perro se acerca con curiosidad, lo huele y... a los pocos minutos se queda sopa.

—¿No les resultaría más cómodo... ejem... deshacerse de él? —preguntó G.J. haciendo el gesto de cortarse el cuello con un dedo.

—Quizá les interesa que el perro esté en plena forma durante el día... —reflexionó Micro, y añadió—: ...para evitar que los intrusos metan las narices ahí dentro...

Justo en ese momento, Los Lagartijos notaron un brusco movimiento en la copa del árbol que lindaba con la ventana del Iglú. Las hojas del viejo roble se agitaban como si hubieran sido sacudidas por un fuerte viento.

—Parece que se avecina una tormenta. Lo siento por el perro, que no estará en condiciones de protegerse de la lluvia —comentó G.J.

—¡Bah!, le vendrá bien un poco de caña... ¡a ver si se le bajan los humos a ese chucho pulgoso! —exclamó Zas haciéndose el chulito.

—¿Y tú dices que te gustan los animales?, ¡menudo trolero! —interrumpió Micro. Luego miró por la ventana con tristeza y dijo—: Los objetos que están en punta atraen a los rayos. ¡Mirad dónde se ha ido a dormir el infeliz!

—¡Es cierto!, todo el mundo sabe que jamás hay que refugiarse bajo un árbol durante una tormenta —explicó G.J. haciéndose el entendido.

Zas frunció el ceño, se acercó a la ventana y observó detenidamente el exterior.

—No se por qué os coméis tanto el coco. Os garantizo que a ese podenco no le parte ni un rayo —añadió displicente.

—¿Por qué dices eso? —preguntó Micro.

—¡Ah!, ahora te interesa que yo desembuche ¿eh, doña sabelotodo? ¡Pues averígualo tú misma!, ¡anda!

ESTE LIBRO SE TERMINÓ
DE IMPRIMIR EN LOS TALLERES
GRÁFICOS DE UNIGRAF, S. L.
MÓSTOLES (MADRID),
EN EL MES DE AGOSTO DE 1998.

alfaGuay